HEROES

Zeus

Hera

Hercules

Eurystheus

Charon

Amazon Queen

HERCULES

BAMPOTS AND HEROES

by Matthew Fitt

Illustrated by Bob Dewar

First published 2005
by Itchy Coo

A Black & White Publishing and Dub Busters Partnership
99 Giles Street, Edinburgh EH6 6BZ

ISBN 1 84502 056 1

A CIP catalogue record for this book
is available from The British Library.

Cover design by Creative Link

Printed and bound in Poland
http://www.polskabook.pl

CONTENTS

Hercules

Zeus, high heid yin o the gods and heid bummer o the universe, had a son and he cawed this son Hercules. Hercules wis strang as a buhl. He wis built like a hoose end and had airms like a boxer and legs like cabers. Hercules wis feart at naebody, except his step-maw, Hera.

Hera wisna intae Hercules at aw. She had a son o her ain, Eurystheus, and it sickened her chicken that Zeus spent aw his time wi Hercules and didna care a jeelie piece for her wee wean. And sae she plotted tae malkie him. She wantit Hercules deid.

Wan nicht, when Hercules wis aboot seeven month auld, Hera pit twa lang hissin snakes intae his bedroom. The wean, when he saw the deidly vipers joukin their heids and jaggin their tongues at him, thocht it wis a gemm. Takin a haud o them by the throat Hercules, laughin and slaverin like the wean that he wis, thrappled the braith richt oot o thae snakes and flung their bums oot the windae. This fair ripped Hera's knittin and she hatit Hercules even mair.

Zeus fund Hercules the brawest teachers. These clever dominies learned him the best wey how tae banjo his opponents in a fecht and tae fire an arra through the air and tae ride a cuddie intae battle. But as weel as learnin him how tae chib his enemies, they taught Hercules tae read and write in a hunner different languages and tae chant poetry and tae be a maister o aw things musical. Sae when he left the schuil, he could dae jist aboot onythin. His final report caird simply said, 'Hercules: pure dead brilliant.'

Oot in the warld, he got a lumber wi a lass cawed Megara and soon they were mairried wi a hoose fou o weans. Aw day Hercules went aboot the countryside daein whit he wis boarn tae dae. In the mornins he sortit oot crabbit lions by tyin their legs and airms up in knots. And in the efterninns he chased aff the king's enemies by giein them a jeelie-lip sae that they aw ran awa tae hide unner their mammies' peenies. And at nicht he wid come hame tae his wife and weans for his tea o spinach and stovies.

Everybody thocht he wis gallus.

"See that Hercules?" folk wid say. "He's pure magic, sae he is."

"Gaun yirsel, big Hercules," they chanted when he walked past. "Stick the nut on thae lions. Git tore intae thae enemies. You are ra champion!"

The goddess Hera, when she heard aw this, wis bealin wi anger. Everybody loved Hercules while her ain son, Eurystheus, jist gied them the dry boak. It wisnae fair. "That Hercules is really nippin ma biscuits. Ah'm gonnae pit the hems on that yin."

Noo Hercules wis a muckle big man. He could cairry a tiger unner each oxter and gie a haill airmy o sodgers a keeker wi wan skelp o his massive haun but he wis aye cannie and gentle wi his wife Megara and the bairns. He loved them aw and wid dae onythin tae keep them oot o herm's road.

But yin day Hera pit the evil eye on Hercules. She cast a spell that made his heid bile up wi rage and it drove him roon the bend. The big man went reelin through the hoose like a radge bear spittin and skelpin at everythin that got in his wey. When he calmed doon, he saw Megara, his wife, and aw their wee weans lyin deid on the flair. Hercules had killed his ain faimly.

Wi his heid hingin in shame, he went tae Zeus, chief o aw the gods, and Zeus's face wis as hard as stane.

"You scunner ma thunner, Hercules, sae ye dae. It maks me ill jist lookin at ye. Sae help me, ah should strike ye doon where ye staun, but ah'll no. Insteid ah'm gonnae gie ye a fate worse than daith.

"Git you tae the kingdom o yir step-brither, Eurystheus, and be his slave. Dae everythin he tells ye. Mibbe ye can mak up for whit ye've done here. But ah doot it."

Then Zeus turned his face awa and Hercules wi a heavy hert tramped ower the braes and glens intae the kingdom o Eurystheus.

The Twelve Trauchles

King Eurystheus wis a richt keekie-mammy o a king. When his mither, the goddess Hera, wis doon on Earth, Eurystheus wid strut and stare aboot his palace wi his chist puffed up like a bubblyjock in a fermyaird. But when his maw wisna aroon, the bold hero wis mair like a bubbly bairn, wi shooglie knees, feart o the wund and his ain shadda.

It wis tae this peeliewallie skinnymalink that Hercules had tae bou his heid and be a servant.

At first Eurystheus didna ken whit tae dae wi him.

"Waash ma windaes," Eurystheus ordered and Hercules waashed doon the palace windaes.

"Go ma messages," Eurystheus demandit and Hercules went tae the shops for the palace messages.

"Clean oot the royal chanty," roared the king and Hercules mopped oot the king's toilet.

"This boay'll dae onythin," thocht Eurystheus tae himsel. "Whit a tube." And a sleekit plan came intae the king's heid. "If ah play ma cairds richt here, ah could git rid o this big numpty Hercules wance and for aw."

Sae he summoned Hercules tae the Big Haw.

"Hercules, ma guid man," said the king. "Dae ye ken whit a trauchle is?"

"Nut," said Hercules.

"A trauchle is when ye've gote tae dae somethin but it's no easy and it ends up daein yir napper in. That's whit a trauchle is, big yin. And see you, well, ah'm gonnae gie ye twelve o them. Twelve trauchles. If ye dae them, ah'll lowse ye fae ma service and ye can shoot the craw awa hame. But you're gaun naewhere until ye've done them."

"Ach, it's a dawdle," said Hercules, tryin tae wind the king up. He didna like the guff o him awready.

"Yir first trauchle is tae bring me the Lion o Nemea."

"Whit?" cried Hercules. "The Lion o Nemea? Naebody can kill that yin. Arras skite aff him. Swords jist tickle his belly. Ye're sendin me tae certain daith."

"Awa ye go," Eurystheus ordered, secretly hopin that Hercules widna come hame.

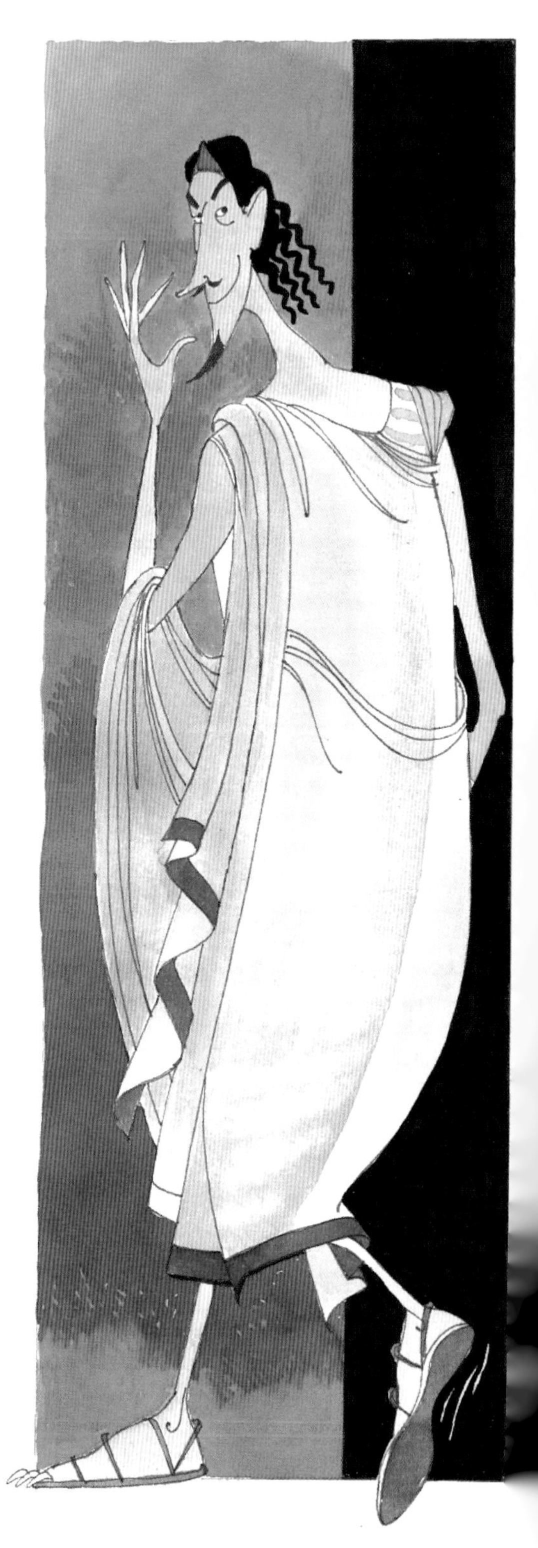

TRAUCHLE WAN

The Lion o Nemea

Hercules set oot across the heather tae find the Lion o Nemea. He wisna feart at lions. Wance he focht three o them in the wan day, pit them aw in a poke and cairried them hame ower his shooder. Lions wis nae bother tae Hercules but the Lion o Nemea wisna like ither lions.

This beast had been chawin on the banes o Eurystheus's people for years. It wid stot intae a toun and scoff awbody that got in its road. Folk said it wis as big as a hoose and had claws like the dirks in a kiltie's soack. When Hercules tellt people he wis lookin for the Lion o Nemea, their coupons turned peeliewallie wi fear.

"Ye're aff yir heid, pal," they tellt him. "Ye're no wise. That Lion o Nemea's mental, sae it is. We widna go near thon for aw the tatties on Moont Olympus."

"Bunch o fearties," Hercules muttered and began tae scoor the countryside, liftin up trees and muckle rocks tae see if the beast wis hidin in ablow them. At lang last Hercules stummled ower a trail o massive fitprints.

The fitprints led tae a cave in the side o a brae. The air roon this cave wis bowfin. It reeked o a thoosan middens and a million cludgies. "That's pure mingin," said Hercules, haudin his neb.

The lion wis asleep. Its snorin wis as lood as the rummlin ocean and it must hae had a cauld because every twa seconds a spew o glittie green slavers came fleein oot in a shooer, coverin Hercules fae tap tae taes in leonine snochters. "Aw, that's even mair pure mingin."

And then Hercules saw on the grund ootside the mooth o the cave a pile o white banes – the banes o aw the men that had trevelled there tae kill the lion but hadna come hame.

"Come on, Lion, well," Hercules shouted, angry noo. "Get oot o yir scratcher."

Wi a muckle growl and a crabbit roar, the Lion o Nemea appeared.

He wis a monster. As big as a tenement and as braid as a kirk door, the lion's massive shooders were hotchin wi muscle. His een were bleezin yella wi fury and his teeth were ridd wi dried blidd. He glowered doon at Hercules as if he wis gonnae pit him in a piece and eat him for his tea.

Hercules got tore in first. He flung his spear at the lion but the spear jist boonced aff. He stobbed it wi his sword but the blade couldna jag through the lion's thick skin. He flung stanes but the muckle cat jist swallaed them like they were sweeties.

"Awright, big yin," Hercules said. "Ah'll soon sort ye oot." And he took his trusty chib, a big widden club he aye cairried wi him, and wi aw his strength wannered the beast in the heid.

Waallop! The Lion o Nemea wis seein sparras for aboot five minutes.

While it wis stottin aboot, Hercules gied the beast anither dab

wi the widden club and stertit a fecht that rummled on aw that nicht and aw the next day until finally Hercules got his hauns roon the lion's throat and thrappled the muckle animal tae daith.

Hercules cairried the lion back tae the palace o Eurystheus and flung it on the flair at the king's fit.

"Mammy-Daddy," cried Eurystheus, feart at the sicht o the deid lion. The king ran aboot the room in a panic and, findin a big ginger bottle in the corner, lowped intae it.

"For yir second trauchle," said the voice fae inside the bottle, "git you tae the Argos peat-bogs and dinna even think aboot comin hame until ye've killed the Hydra."

TRAUCHLE TWA

The Hydra

The Hydra wis a richt hackit horror o a beast. It had the body o a dug and nine snake heids growin oot o its shooders. It steyed doon in the clatty swamps o Argos preyin on lanely trevellers and sookin the blidd oot o their bodies. Hercules kent he wid need help sae he took his nephew, the braw Iolaus, wi him.

Iolaus and Hercules rode thegither tae Argos and tracked the monster doon tae its lair. The Hydra wis naewhere tae be seen sae Hercules fired a volley o burnin arras richt intae the monster's hame. Immediately the Hydra come chairgin oot, bealin wi rage. It stood richt up on its dug's legs towerin abinn Hercules while its nine heids hissed and glowered and grogged poison doon on the warriors' faces. It wis a boggin craitur wi its muckle scaley body, eichteen evil een and foostie braith and slavers bubblin oot its nine mooths.

Young Iolaus near boaked up his breakfast jist lookin at it.

But Hercules had a strang stomach. The hackit Hydra didna bother him. Feart at nothin and birlin his sword in the air, he ran ower the swampy grund straight at the snake-heidit monster and chapped aff yin o the nine snakes. It fell ontae the flair wi a dunt and Hercules chapped it in hauf tae mak shair it wis deid.

"Wan doon, eicht tae go," he said but when he looked up Hercules couldna believe his een. A new snake wis growin oot o the monster's body back in place o the yin he'd cut aff and efter twa seconds the Hydra had aw nine hackit hissin heids.

"Whit?" cried Hercules. Angry, he chairged again, wheechin aff twa snake heids this time. He and Iolaus watched wi open mooths as they grew back as weel.

“In the name o the wee man,” said Hercules. “How are we gonnae malkie this brute?”

Then an idea popped intae his napper.

“Quick, Iolaus, tear a brainch aff o that tree ower there. Set it on fire and bring it tae me.”

Wi the bleezin brainch in his haun, Hercules breenged at the Hydra and hacked yin o its heids aff. He jagged the daud o burnin widd ontae the beast’s neck, burnin it tae stap a new snake heid fae growin back. Aw efterninn, chappin wi their swords and jaggin wi the bleezin torch, Hercules and Iolaus focht the monster and when aw its heids were aff, the Hydra lay deid on the weet grund o the Argos swamps.

Hercules cairtit the beast back tae the palace. When Eurystheus saw the thing, he lowped straight back intae his ginger bottle.

“Think ye’re clever, eh? Well, ye’re no,” said the voice tremmlin in the bottle. Hercules wantit tae tell the king tae stap bein a bampot but he held his wheesht.

TRAUCHLE THREE

The Cerynitian Hart

"Richt," said Eurystheus when he'd climbed oot o the ginger bottle and wis sittin back on his throne in a royal goun that wis three sizes ower big for him. "Looks like ye've gote nae problem wannerin monsters, Hercules. Sae ah'm gonnae try ye wi somethin a wee bit mair difficult.

"For yir third trauchle ye've tae bring me the Cerynitian Hart. Yon hart is a stag wi gowden antlers that belangs the goddess Artemis. Ye canna herm it in ony wey. Nae chibs. Nae arras. Bring it back tae me unmalkied or Artemis will hae yir guts for garters."

Hercules kent this wis gonnae be fykie. The Cerynitian Hart wis the gleggest stag in the warld. It could lowp ower moontains and jink atween islands wi the wan jump. The goddess Artemis looked efter the stag. If onybody wis glaikit enough tae shoot an arra at it, Artemis had let it be kent they wid get their heid in their hauns and their teeth tae play wi.

Hercules got his first glisk o the stag wi the gowden antlers in spring and it took him tae the next spring tae catch up wi it. Nae maitter how fast he ran, the stag wis ayewis faster.

At lang last, when he'd worn oot twinty pair o gutties, Hercules woke up wan mornin tae see the Cerynitian Hart staunin no ten fit awa fae him at the side o a burn.

Hercules steyed still as a stookie. The stag wis busy guzzlin doon the clear sweet watter and didna ken he wis there. Hercules had tae think quick. It micht be anither year afore he got this close tae it again. But if he tried tae tippytae up ahint the animal or hurl a net ower it, the stag wis that gleg and fast it wid skite awa in the blink o an ee. The ainly thing in the warld faster than the stag wis an arra. Hercules had nae choice.

Awfie cannie, Hercules streetched his bow and fired an arra atween the banes and saft flesh o the hart's forelegs. The stag cowped ower ontae the grund no able tae budge but completely unhermed. Hercules tied a rope roon the animal's legs and gently poued the arra oot sae it didna hurt the stag.

"Haw, heid-the-baw! Whit dae you think ye're daein?"

Hercules turned roon and saw Artemis ahint him, steam comin oot o her goddess lugs.

"Wha said you could huckle ma stag?" roared Artemis and shot an arra o her ain at Hercules. He jouked oot the wey. The arra went fleein past and scuddit intae a tree.

"Haud on, noo, goddess, Yir Majesty," said Hercules. "Keep the heid, eh?"

He wisna feart but there wis nothin he could dae against Artemis.

He had tae gie her some patter pronto, itherwise he wis gonnae get chibbed.

"Yir staggie's no hurt. Ah jist need tae tak him hame tae King Eurystheus. Then ah'll lowse him again. Eurystheus needs me tae dae twelve trauchles and this is wan o them. Gonnae gie's a len o yir stag?"

"Whit does Eurystheus want the Cerynitian Hart for?"

"The goddess Hera pit a cantrip on me and her spell made me kill ma ain faimly. As a punishment ah hae tae dae whit Eurystheus tells me. He thinks up these glaikit tasks hopin ah'll get malkied while ah'm daein them. He jist wants tae see that ah gote the hart. Then ah'll bring him back. Can ah no get a shot o him, please?"

"Aye, gaun. Tak him," Artemis relented. "But if ye brek ma stag, ah'll fire arras at ye for a month until ye look like a hurcheon wi the skitters."

Hercules papped the stag wi the gowden antlers on his massive shooders and hurried back tae Eurystheus's palace.

The king didna lowp intae the ginger bottle but he had a greetin face on him onywey.

"Took yir time, but, did ye no?" the king girned. "Whit were ye daein wi that hart? Playin jauries wi it?"

Hercules didna answer. He wis yeukin tae skelp Eurystheus's gub for him but he kent he couldna.

TRAUCHLE FOWER

The Erymanthian Boar

"Weel, slave. For yir fourth trauchle, ah'll mak it even harder on ye. There's a mad mental boar in Arcadia that's been fashin everybody in the ferms and the touns. Be a guid laddie and run ower there and sort it oot, wid ye?"

"Dae ye want this boar deid or alive?"

"Whit's easier for you, michty Hercules?"

"Deid."

"Then bring it hame tae me, alive."

In a bleck mood, Hercules set oot the next day. The Erymanthian Boar steyed at the tap o a moontain. Every noo and then it went gyte and came doon fae the hills and blootered the villages o Arcadia. Aw the people o that country wis tremmlin in their semmits fae fear at the thing.

As he approached the moontain, Hercules passed through a toun. He could see that the boar no aw that lang syne had peyed a wee visit. The kirk wis cowped. The windaes were panned in. There wis nae roofs left on ony o the hooses and the beast had knocked the bunnets aff aw the auld men's heids.

That boar's no shy, thocht Hercules. Ah better watch oot.

Efter five days' huntin, he fund the boar's tracks no faur fae the moontain and follaed the fitprints until he caught up wi the boar itsel.

Whit a heefin great thing it wis. It had an elephantine bahookie and its tusks were as lang as spears. Hercules kent he wid hae nae chance against it on the lower braes o the hill. The grund wis ower hard. The boar wid jist need tae kick its muckle strang hoofs and it wid brek Hercules's net as easy as an ettercap's web.

Sae insteid he creepit up ahint the beast and sooked in a lang deep braith o air. Then, wi aw his micht, Hercules let oot a lood lug-rattlin roar that shoogled the sun and the moon and the wallie-teeth o the gods in the heivens. The boar got the biggest fricht o its puff, jumped twinty fit in the air and tore aff up the moontain. Roarin and shoutin, Hercules chased efter it. Up and up the steep brae the pair o them chairged. They went sae high that snaw stertit tae faw. The snaw got heavier and heavier and the boar got mair and mair wabbit until it couldna run ony further. At lang last it cowped intae a puggled heap in a big bank o snaw. Hercules flung the net ower the beast and cairried the Erymanthian Boar back tae Eurystheus.

Wance in the palace, he wis temptit tae let it oot o the net and gie the king a fleg but he didna. Eurystheus wis in his ginger bottle onywey. He wis that feart he widna come oot until later that nicht. He even took his tea in there wi him.

TRAUCHLE FIVE

The Muckin o Augeas's Byre

"Hercules, ma freend," said the King the next day. "Ah've been an auld crabbit chops lately. Ye must be thinkin ah'm a bampot or somethin. But see me, ah'm awright really. Ah'm no aw bad. Gonnae let us mak it up tae ye?

"King Augeas's byre is in a wee bit o a state. He's lookin for somebody tae gie him a haun cleanin it oot. Gang ower and redd up his stables and we'll pit that doon in the book as Trauchle Five. The thing is, ah'll need ye back here the morra sae ye'll hae tae get it aw done in the wan day."

"Whit? A day aff fae batterin mony-heidit monsters?" Hercules couldna believe his luck. "Cheers, King."

"See ye the morra, then," said Eurythseus, a sleekit smile curlin up the corners o his mooth.

Hercules wis haufwey ower tae the palace o King Augeas when he caucht the guff o somethin on the wund. It smelled kinna like foostie milk and fish heids.

Och, jist the country air, he thocht and cairried on.

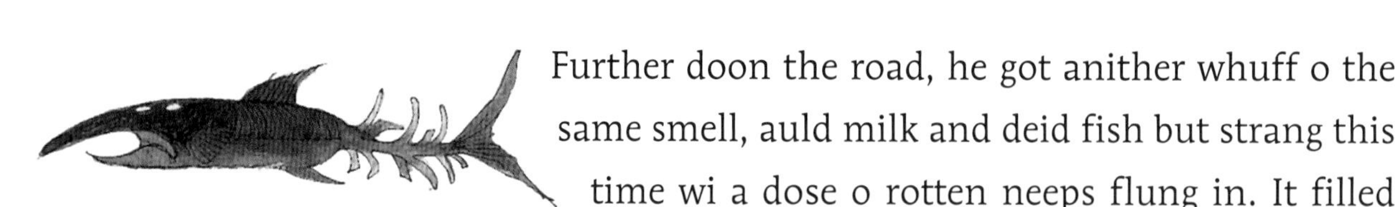

Further doon the road, he got anither whuff o the same smell, auld milk and deid fish but strang this time wi a dose o rotten neeps flung in. It filled his neb. He felt the back o his thrapple burn. Then he stertit tae pick up the reek o auld soacks, extremely auld soacks, soacks that had mibbe been on the feet o hairy sodgers for several weeks and then left oot in the sun in a big crawlin unwaashed pile. Hercules covered his neb wi his haun.

As he got closer tae Augeas's palace, he noticed that there didna seem tae be ony flooers growin in the gairdens or birds fleein in the air. The folk he passed on the road had baith hauns ower their mooths and nebs. There were even a couple o folk streetched oot on the gress.

King Augeas wis a muckle man wi his claes near on backwards. He wis giein yin o his oxters a guid scratch when Hercules arrived. "Young man, whit are ye sayin tae it? Ah hear ye've come tae help me oot the day."

"Aye, King," said Hercules. "But tell me, whit's that awfie smell?"

"Oh," replied Augeas, pointin tae a muckle lang shed. "It's comin fae the palace byre. Ah'm afraid it's no been cleaned oot for a wee while."

"Whit dae yous caw 'a wee while' roon here?"

King Augeas looked doon at the grund and mumbled, "Och, aboot a hunner and fifty year."

"A hunner and fifty year? And ah hae tae clean yon oot in wan day? Richt, ye better let me see this byre then."

When Augeas opened the stable doors, Hercules couldna believe his een. Or his neb. The stables were hootchin. There wis cuddie drappins everywhere, a muckle great pile o them, a big broon bowfin bing o manure that went aw the wey up tae the roof and wis even comin oot the windaes. Cuddies and coos sliddered aboot on the tap o the midden while rattons run ower Hercules's taes and squadrons o midgies swarmed roon aboot his heid.

Augeas tellt Hercules if he fund a set o hoose keys in there he wis tae gie him a shout. And since he hadna seen his son, Phyleus, for a few days, there wis a chance he micht hae fawin in. Sae if he fund him in there tae, Hercules wis tae tell the boy tae come straight hame.

Hercules glowered at the muck. He wid never be able tae cairry aw that awa. It wid tak him years and he had tae hae it done afore evenin.

No faur fae the stables wis a big burn. It had been rainin for weeks in that land sae the burn wis a breengin torrent. Hercules scratched his napper. Mibbe he had an idea.

Wi a shovel in wan haun and a pick in the ither, Hercules dug a deep shuch fae the burn tae the stables. He built a dam heid at the tap o the stables and let the burn watter gaither until it wis aboot burstin the banks o the shuch. Then when aw the cuddies were safely oot he broke the dam wi wan skelp o his muckle fist and sent the burn breengin richt intae the stables. The rammy o watter skooshed through wan end o the buildin and oot the ither side, syndin oot aw the clart and cairryin it doon tae the sea.

As the watters thunnered past, Hercules guddled in the burn and pulled oot a bunch o roostit hoose keys and Augeas's son, Phyleus, lookin mair like a drooned rat than a prince.

He fund a set o wallies as weel which turned oot tae belang King Augeas.

The king thankit Hercules for his help wi the byre

and for howkin oot his son, the keys and the false teeth, although he said it micht be a while afore he wid think aboot pittin thae teeth back in his mooth.

In wan day, Hercules had redd oot the stables. They were bonnie and clean and reeked o bleach and carbolic soap. And when the gloamin came and brocht darkness doon on the land, Hercules changed back the course o the burn.

TRAUCHLE SIX

The Stymphalian Craws

King Eurystheus wis grinnin fae lug tae lug when Hercules came back fae Augeas's byre.

"Aw, slave, you're honkin. Dae you never waash? Ye no ken whit soap is? Here's yir sixth trauchle, quick, afore ah pass oot fae the hum. Ye're tae gang tae Loch Stymphalus in Arcadia. There are craws there that hae done awa wi hunners o trevellers. They are the maist dangerous craiturs in that land."

"Och, ah've awready been tae Arcadia. Could ye no have gote me tae huckle the boar and these craws in a wanner?"

"Ah'll wanner you, slave, if ye gie us ony mair o yir cheek. Awa ye go."

Hercules growled unner his braith. This Eurystheus wis really stertin tae bile his ile. He wisna an impatient man but haein tae listen tae Eurystheus's patter wis daein his nut in. But whit else could he dae? He had tae feenish these trauchles or his faither, Zeus, wid go pure daft. Sae the next mornin Hercules set oot wance again for Arcadia.

On the wey there, he fund oot mair aboot these craws. Folk cried them the Stymphalian Craws.

They were thrawn-lookin birds wi bress feathers and beaks as strang as steel. If they caucht somebody trevellin on their ain, they wid peck oot his een. If they caucht ony wee weans that had got lost in the widd, the Stymphalian Craws wid cairry them aff and feed them tae their young.

At last Hercules came tae Loch Stymphalus. It wis mair o a bog than a loch. The craws steyed on the island in the middle and he could see them cheepin and chantin and chawin at each ither wi razor-sherp beaks on the brainches o trees. Hercules dived intae the loch and stertit tae sweem across tae the island. But he didna get very faur. The muddy watter wis as thick as tattie soup. It sooked him doon tae the bottom and he had tae scrammle oot quick afore he drooned.

Sae he fund a boat hidden in the lang reeds and he pushed it oot ontae the loch. He rowed and rowed wi his big airms but he didna get faur in that either. The mud sooked and slavered at the boat and it got stumoured in the clatty watter as weel. Hercules had tae lea it there and strauchle back tae the shore by hissel.

Hercules couldna work oot how tae cross the loch. He got doon on his knees and prayed tae the goddess Athena.

"Haw, Goddess. Gonnae gie's a haun?"

Athena admired the gallus warrior and she wis ayewis gled tae help him oot. She appeared at his shooder and spoke in a saft sonsie voice.

"Tak a haud o these, Hercules," she said, giein him a pair o castanets. "Rattle them at the craws and ye'll dae awright."

Hercules climbed tae the tap o a moontain owerlookin the loch and gied it pure laldie wi the castanets until his lugs were dirlin. Whit a rammy he made. Aw the animals got an awfie fricht. The tods and wild dugs ran oot o the widds. The puddocks aw stertit lowpin up and doon. The brocks hid their bleck and

white heids in their paws. And the craws didna like it either, no wan bit. Greetin and skirlin, up they flew intae the air.

Hercules fired yin o his arras and it scuddit through the hert o wan o the craws. "Uyah," it squaiked and tummled intae the loch wi a splatch. The ither craws saw this and came fleein at Hercules like a byke o bealin bees. Thoosans appeared like a thunner clood in the sky abinn his heid. They scarted his face and nippit his lugs and rippit his claes. Hercules had tae fecht like a deil tae see them aff. It wis a lang battle but efter six oors the Stymphalian Craws lay on the grund, each wi an arra through its hert.

Then when Hercules had shot aw the craws, he shot the craw himsel, aw the wey hame.

TRAUCHLE SEEVEN

The Cretan Buhl

"For yir seeventh trauchle, git you tae Crete. There ye'll finn a muckle white buhl. It's oot o control. King Minos doesna ken whit tae dae wi it. It's pure panic ower there. The buhl's chairgin aboot, gowfin folk up in the air and dingin doon aw the buildins. Capture it and huckle it back here alive."

The trauchles were mair and mair dangerous gettin. But it wis weel kent that Eurystheus wis as thick as a cairt-load o widd. Hercules didna think he could be comin up wi aw these trauchles on his ain. Hera, his maw, must be helpin him. But the brave warrior couldna complain. He still had six o them tae dae.

He went doon tae the port the next mornin and fund a ship and crew that wisna feart tae sail wi him tae Crete tae wrestle the buhl. The sea voyage wis a lang yin wi gurlie seas and strang wunds blawin them aw ower the place but eventually they saw the muckle cliffs o the island.

King Minos wis a big cheery man wi ridd cheeks. He came tae meet Hercules aff the boat. "Awright, big Hercules, how ye gettin on and that, know? Whit's the Hampden roar, but? Whit brings ye ower here tae this neck o the widds?"

"Ah've come for the buhl."

"Whit? The mad mental Buhl o Crete? Ye'll hae tae caw canny there, Hercules."

"How?"

"He's gaun daft again. Awa oot on the randan. Tramplin puir folk intae the grund and cowpin aw the lums and chanty pos. No real, ah'm tellin ye. In fact, ah'm awa tae hide unner ma bed masel. Guid luck tae ye."

The next day Hercules stertit his search for the buhl. He fund it bangin its heid aff the city waw. Hercules had never seen a buhl like this yin. It wis jist aboot as high as the waw itsel and it wis pechin fire oot its nostrils. When it saw Hercules, the buhl stamped its fit and Crete joogled up and doon like the haill island wis made oot o jeelie.

But Hercules wisna scared. "Come on then, Buhl," he shoutit. "Let's see whit ye've gote."

Spairks and steam came snocherin fae its neb as the craitur pit its heid doon and chairged. Hercules watched the buhl thunner towards him. The sky seemed aboot ready tae faw in as the michty buhl approached as unstappable as a tidal wave.

Hercules waitit until it wis twa feet fae him and then jouked oot o the road.

The buhl went wheechin by him wi a surprised keek in his ee, cairried on through the city waw and stottit its heid aff a big kirk in the middle o toun wi a clatter that brocht maist o the city doon on tap o him.

Hercules then lowped ontae the beast's back. It shauchled its shooders but Hercules held on ticht. It breenged roon every neuk and cranny o Crete tryin tae fling Hercules aff. It groozled through glens, boltit through burns, clattered roon the cliffs and burst its wey through hooses while folk were at the table eatin their tea but Hercules didna wance lowse his grup.

It took a week but at last the buhl wis puggled and gied in. Hercules sliddered aff its back and dragged the brute doon tae his ship. Wi the buhl safely fankled up in chains on the deck, he set sail for hame.

When he presentit the buhl tae Eurystheus, the king sneered. "Doesna look aw that fierce tae me," he said. "Whit dae ye dae when ye go oot on these trauchles? Ah think ye sit on yir dowper maist o the time readin the Fun Section o the Sunday Parchments."

That wis it. Hercules lost the tattie. He gied the Cretan Buhl a guid skelp on the bahookie wi the flat en o his sword and the buhl went birlin through the palace. Wi a skraik Eurystheus lowped intae his ginger bottle and didna come oot again for fourteen days and fourteen nichts.

TRAUCHLE EICHT

The Cuddies o Diomedes

The instructions for the next trauchle had tae be relayed tae Hercules by messenger because Eurystheus still had his heid in the bottle.

"For yir next trauchle," announced the messenger, "King Eurystheus wid like ye for tae visit King Diomedes. You are tae ask him politely tae gie ye his famous cuddies and bring them hame. End o message."

Hercules had heard aboot King Diomedes and he didna trust him. Folk said he wis a bit o a chancer sae Hercules took alang fower extra sodgers on his ship jist in case the king turned sleekit on him.

"Hercules, ma best freend in the haill wide warld, how's tricks?" said Diomedes when Hercules arrived. "We're jist haein a wee pairty the noo. Come awa ben and jine us."

They aw sat doon at a lang table in the palace courtyaird. The cuddies that Hercules wis sent tae collect were in the courtyaird as weel. They were muckle bleck beasts wi strang white teeth. The cuddies seemed tae be chawin on somethin and the soond o their crunchin filled the yaird.

"Whit are they eatin?" Hercules speired Diomedes.

"Ma last guests didna behave theirsels," Diomedes replied. "They left their rooms in a richt midden and drank aw ma ginger. Sae ah fed them tae the cuddies."

"Oh aye, and when dae we become cuddie food?"

"Dinna worry, son. Ah ken you'll behave yirsels. Ye hae nothin tae fear. Noo whit wis it ye wantit tae ask me?"

Hercules didna want tae let on he'd come for the king's horses. "We can talk aboot it the morra, King, efter me and ma men hae some sleep. We're pure puggled frae oor voyage."

"Aye, weel. Ma hoose is your hoose. Mak yirsels at hame."

Sae efter their supper Hercules and his sodgers went tae their rooms but they didna close their een.

"Look sherp, boys. This Diomedes is up tae nae guid. He's as sleekit as a snake in a bucket o cookin ile. Ah think he's gonnae try and serve us up tae thae killer cuddies." Hercules grabbed his sword. "Come on, we're offski."

Sae they climbed oot the windae, dreeped doon the palace waws and tiptaed intae the king's stables.

The cuddies were there, big and strang, snortin and pechin like demons. Hercules's men dragged them oot the stables but on the wey doon tae the ship wan o the cuddies reared its heid and screamed a lood lang equine scream, cowpin the calm o the quiet nicht air.

"Shut that cuddie's geggie!" hissed Hercules but it wis ower late. Wi their swords oot, Diomedes and his men were awready pilin doon the brae and they were ridd-hot and ragin.

"Gie me back ma cuddies, ya bams," shoutit Diomedes.

"Nae chance," Hercules yelled. "Awa and raffle yirsel."

"That's it, Hercules," roared the king, "you're claimed."

And a big rammy stertit. The sodgers on baith sides chairged in giein it plenty. Hercules tellt his bravest man, Abderus, tae tak the cuddies doon tae the ship and then got tore in hissel.

Efter an oor o battlin, Diomedes and aw his guairds were lyin deid on the grund. Up tae hi-doh wi their victory, Hercules and his men stottit back doon tae the ship chantin and shoutin "Champion-eys, Champion-eys, Are we, Are we, Are we, Champion. . ."

But they aw stapped their chantin when they reached the boat. The bleck cuddies were chawin on whit wis left o their comrade, Abderus. The beasts had killed and scoffed him durin the battle.

Hercules, chokkin wi anger, fed King Diomedes's deid body tae the cuddies and they snaffled him up as weel.

TRAUCHLE NINE

Hippolyta's Belt

Eurystheus as usual wis camped oot in his ginger bottle when Hercules won hame. "Tak thae cuddies oot o ma road. Ye've gote mair important things tae dae. Ma wee dochter has gote her wee hert set on the belt belangin Queen Hippolyta. Awa and bring it back for her, slave."

When Hercules tellt his crew he wis trevellin tae the land o the Amazons, they aw went daft and begged tae go wi him.

"Tak me wi ye, big Hercules," said wan o them, doon on his knees. "Thae Amazons is gorgeous."

"Aye," said anither, slaverin at the mooth. "They're aw stoatters. Ah micht get a winch aff wan o them. Gonnae tak me, tae?"

The Amazons were a race o gallus women warriors that lived faur awa on the shores o the Bleck Sea. Awbody had heard hunners o things aboot them but naebody had ever seen them. Even though the voyage wid be awfie dangerous, Hercules had nae bother gettin haud o a crew tae help him wi this trauchle.

When they reached the land o the Amazons at the ither side o the Bleck Sea, Hercules warned his men tae airm theirsels for battle.

The Amazons came doon tae meet the ship but, insteid o attackin, the tall strang bonnie women, brocht flooers and kissed the men on baith cheeks.

"Yous are aw welcome here," cried the tallest bonniest woman o the lot. This wis Queen Hippolyta and the belt roon her hurdies glistered wi siller and gowd. "Come up tae ma palace for a daud o breid and some skoosh."

Airm and airm wi the women, Hercules and his men daundered up tae the palace and sat doon on big saft pillaes and ate and drank until they were boakin.

"Ah've come fae the kingdom o Eurystheus tae ask for yir belt, Queen Hippolyta. Eurystheus wants it for his wee lassie."

"Ye've come for ma belt?" The queen stood up and pit her hauns on her hurdies. No shair whit wid happen next, Hercules clapped his haun tae his sword. Instantly aw the Amazon warriors had their cauld blades pressed against the sailors' thrapples, ready and waitin for the nod fae the queen tae wheech open the men's throats.

"Tak it easy, girls. Hercules is oor freend," said Queen Hippolyta, smilin. "Ah've heard aboot yir trauchles, Hercules, and ah think that King Eurystheus is a richt eejit. Ah feel hert-sorry for ye, haein tae dae everythin that bampot tells ye. Here's ma belt. Tak it as a present and promise ye'll come back and visit us lassies again some day."

This is magic, thocht Hercules. There's aw these bonnie quinies runnin aboot efter us. Ah've gote the belt wioot a stramash. And noo the queen fancies me. This isna a trauchle at aw.

But his step-maw, the goddess Hera, wis luggin in fae the heivens. Hera wis ridd-faced and bealin that Hercules wis haein such an easy time o it. Sae the goddess appeared and whispered intae the women's lugs. "See that Hercules. He's come here tae malkie Queen Hippolyta. He's gonnae dae her in. Protect her or

ye'll loss yir queen."

Wan minute, the Amazons were lyin aboot on the palace cushions drappin grapes intae the sailors' mooths. The next they were batterin Hercules and his men wi swords and chibs. The sailors tried tae fecht them aff but there wis ower mony o them. The men ran tae their ship wi hunners o Amazon warriors chasin efter them. Maist o the crew won tae the boat but a guid hauf dozen men were caucht and killed by the women. As Hercules sailed awa wi Hippolyta's belt in his haun, he could see the bodies o his sodgers gettin flung up intae the air by the angry bealin Amazon warriors.

Hercules hurled the belt at Eurystheus when he got hame.

"Here's yir belt. A lot o braw men are deid because yir speylt wee dochter wantit a present. Ah hope she enjoys it."

TRAUCHLE TEN

The Kye o Geryon

"You're gettin awfie cheeky, Hercules," said Eurystheus. "Mind, ye still owe me three trauchles. Ah'm no lowsin ye until they're aw done. Sae for this next yin, git yir slave's bahookie ower tae Geryon. Ah want his kye."

King Geryon wis a warlock that steyed in a bilin hot desert. He had a herd o skinnymalinkie coos that were nae mair than a rattle o bovine banes. Their milk wis foostie and their meat wis as tough as auld gutties but Geryon loved them like they were his ain bairns and guairdit them wi his life.

Hercules stertit the lang walk intae the hert o the desert. He had ten bottles o watter wi him but afore the end o the first week there wisna a drap o it left. Hercules flung awa the last bottle and cairried on. His mooth became dry. His thrapple wis sair when he swallaed. His chappit broken lips were soon like the flair o a dried-up burn. In a crabbit mood, he fired an arra up at Helios, the god o the sun. Helios wisna chuffed at gettin an arra in his hin-end and he made the sun bleeze hotter than afore.

Hercules wis roastin. He needit a drink or he wis gonnae dee. He wid hae done onythin for a bottle o ginger.

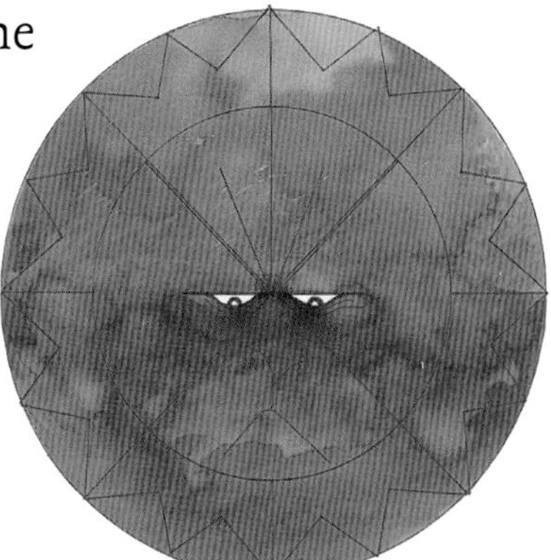

At lang last, crawlin maist o the wey, he came tae the herd o kye in the middle o the desert. King Geryon wis sittin unner a tree sookin fae a big joug o watter.

"Whit dae you want, drouthie man?" asked Geryon.

"Ah come tae tak awa yir coos," Hercules replied on his hauns and knees, pechin like a dug.

"Naw, ye're no," roared Geryon. "And tae mak shair ye dinna, ah'm gonnae chap yir heid aff."

King Geryon advanced wi a muckle axe but Hercules didna hae ony strength left in his body tae try tae stap him.

Jist at that moment Helios had a keek doon fae the sky. He had wantit tae punish Hercules for firin an arra intae his bahookie but he hadna thocht he'd be in ony danger. Helios wid hae hunners o explainin tae dae tae Zeus if Hercules deed because o him. Sae the sun god took a drap o rain he'd been haudin by in his pocket and sent it doon tae the desert.

The raindrap landit skelp in Hercules's drouthie gub. Instantly the strength came skitin back intae his airms and legs. He caucht Geryon's

axe jist as it wis aboot tae faw and flung it tae the ither side o the warld. Wi wan punch, he knocked King Geryon up intae space. Then he cawed the shilpit skinny kye back across the desert tae Eurystheus's palace.

TRAUCHLE ELEEVEN

The Gowden Aipples o the Hesperides

Eurystheus didna even look at the coos. He jist girned that Hercules had been awa too lang. Secretly he wis scunnered Hercules had succeeded in aw the trauchles he had set him. He ainly had twa chaunces left tae dae him in.

"Richt, slave. Awa and get me the gowden aipples fae the Tree o the Hesperides. That'll keep ye gaun for a wee whilie."

Naebody kent where the Tree o the Hesperides wis. Folk haivered aboot a tree wi gowden aipples hingin aff it that stood in a gairden fou o ferlies and draigons but Hercules wisna even shair if it existit or no. If he didna find it, he wid hae tae stey as Eurystheus's tube for ever.

The goddess Athena had been luggin in tae Hercules's thochts. She appeared aside him and said in a voice as saft and sonsie as silk, "The tree ye seek, Hercules, is in a sacred glen in the moontains at the hin-end o the Earth. There ye'll find the puir sowl, Atlas, that hauds up the sky.

He'll tell ye how tae get the aipples but watch oot for Atlas. He's seik o cairryin the heivens and he'll dae absolutely onythin tae get oot o it."

Hercules trevelled for three year afore his ship duntit against the hin-end o the Earth. There he saw Atlas on the tap o a moontain. The muckle big man had a girnie face on him as he streetched and strained tae haud up the sky on his shooders.

No faur awa wis the Tree o the Hesperides. Its brainches were comin doon wi gowden aipples and the bleeze aff them wis that bricht Hercules had tae cover his een.

And ablow the tree lay a draigon wi seeven radge-lookin heids, aw o them asleep the noo in the hot efterninn sun.

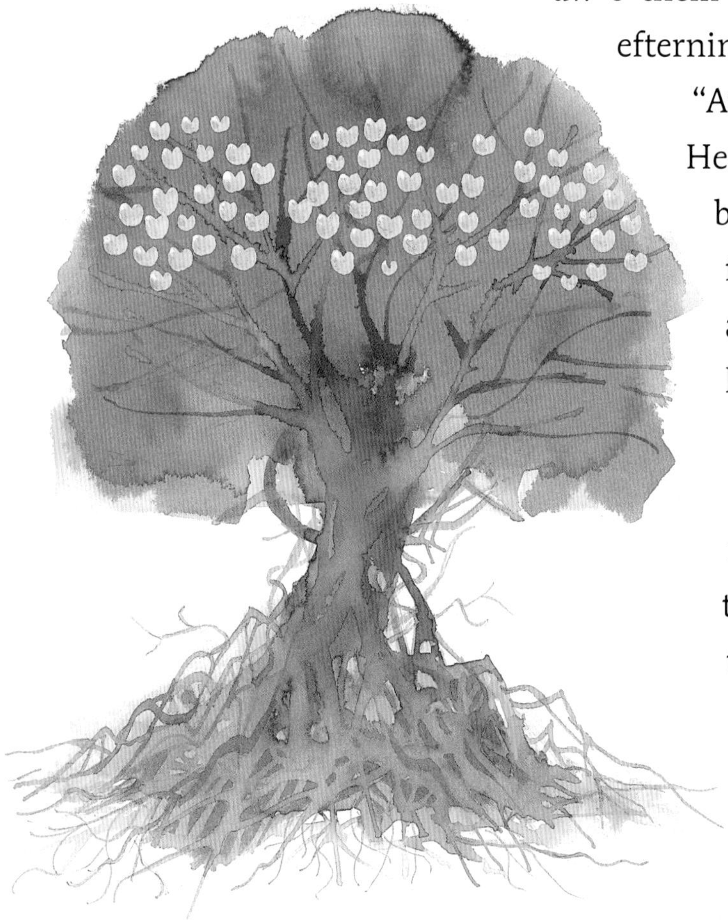

"Atlas, how ye daein? Name's Hercules. Ah'd shak yir haun but the sky wid probably faw on oor nappers sae ah'll no bother. Ony idea how ah can get ma mits on thae gowden aipples?"

"Aye," said Atlas. "It'll no be easy, but. Awa kill that draigon first and we'll tak it fae there. But you canna touch thae aipples, though. Ainly ah can pick them."

Hercules focht the seeven-heidit draigon for a week. When the draigon wis deid, he looked at the aipples on the tree. He could easy pit them in his poke richt noo and gang hame but he wisna shair whit wid happen tae him if he did. Atlas had said ainly he could touch them.

"Richt," said Atlas when Hercules returned. "Ah'll get thae aipples for ye. Gonnae haud the sky for us while ah dae it?"

Hercules didna ken aboot this. Atlas had been cairryin the heivens for an awfie lang time. Mibbe he'd shoot the craw and lea Hercules here wi the sky on his shooders tae the end o time. But Hercules had tae trust him. If he didna get the aipples, he wid never be lowsed fae Eurystheus.

"Aye, gie's the sky here tae me then."

And Hercules took the heivens aff Atlas while he climbed doon fae the moontain and daundered ower tae the tree.

Atlas wis awa for ages. Hercules wis stertin tae get worried. The wecht o the sky wis no real. He felt he wis haudin up the sternies and the planets tae, it wis that heavy. A new day began and the sun come oot and burnt the tap o Hercules's heid. Then the rain came on and aw the watter ran doon the ba Hercules's semmit. Eventually Atlas returned wi three shinin gowd aipples.

"Ah'll tell ye whit, Hercules," said Atlas. "Ah'll tak yir ship and cairry these aipples back tae Greece and gie them tae Eurystheus masel. Whit dae ye think?"

Hercules kent he wis tryin tae swick him. He wid never see the chancer again and he'd be left here gittin toastit fae the sun and drookit fae the rain forever and aye. He had tae think fast.

"Fine," he tellt Atlas. "That's a braw idea. Ah could dae wi a brek fae aw these trauchles. But afore ye go, ah'm pure meltin in this jaiket. Gonnae haud the sky for a minute while ah tak it aff?"

"Nae bother," said Atlas, that excited aboot gettin awa fae the bahookie-end o the warld.

He took the sky aff Hercules's shooders and pit it back on his ain.

Hercules grabbed the aipples and boltit doon tae his ship.

"Whit's the story?" roared Atlas when he saw whit wis happenin. "Where ye gaun, ya big chanty? Dinna lea me here. Dinna lea me here."

Hercules sailed awa as fast as he could until Atlas's carnaptious roars were jist a rummle o thunner in the faur, faur distance.

TRAUCHLE TWELVE

Cerberus The Fufty-Heidit Dug

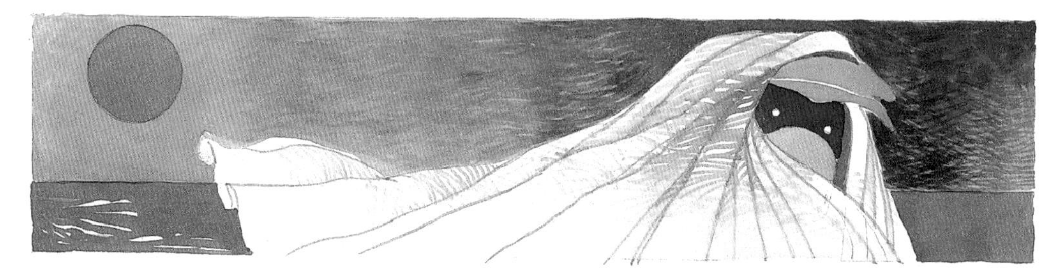

"This will be yir last trauchle, Hercules," said Eurystheus sittin like a wee laddie on the muckle throne in his palace. "Ye have no done bad for a dumplin but ye winna come hame fae this yin. Me and ma maw, Hera, have set ye this last trauchle and it is that difficult and dangerous even you wi aw yir gallus strength willna manage it. Sae fare ye weel then, Hercules, ya big numpty."

"Aye, weel, ya wee bampot. You dinna scare me," said Hercules. "Tell me whit it is and ah'll dae it and get oot yir road for ever."

"Get you tae the netherwarld and bring me back Cerberus. Bring him tae me alive. That's it," declared Eurystheus. "Noo, on yir way."

"Ach, is that aw?" laughed Hercules but deep doon he wisna laughin.

Cerberus wis the maddest, maist mental craitur in the universe. He wis a dug wi fufty heids. Each heid had hunners o teeth in its mooth that could chaw through stane and steel. On Cerberus's thrapple and aw doon his canine back wriggled thoosans o snakes, spittin oot poison wi jaggie tongues. And for a tail, Cerberus had a lang bleck and yella boa constrictor that grupped and squeezed the pech oot o ony puir sowl it fund. And it fund plenty because Cerberus wis the guaird dug o the netherwarld.

When folk deed, they trevelled tae the Land o the Deid first crossin the River Styx and then passin by Cerberus on the ither shore. The dug let them in wioot hermin a hair on their heids but, if onybody tried tae get oot again, Cerberus wid poison their sowls wi his snakes, crush them wi his tail and then tear them intae tottie wee pieces wi his fufty mooths and hunners o teeth.

Hercules keeked up at the sky but neither the goddess Athena nor Helios wis gonnae help him this time. Awbody wis feart at Cerberus, even the gods. For this twelfth and final trauchle, Hercules wis on his ain.

He set aff for the netherwarld wi aw the weapons he could pit his hauns on. He brocht his sword, his bow and arras, his chib and the skin o the Lion o Nemea which he wid wear as an airmoured jaiket against the dug's sherp deidly wallies.

His first heidache wis how tae cross the River Styx. The ainly wey ower it wis wi the crabbit ferrymaister, Charon, and this auld Charon ainly took folk across the watter when they were deid. Although he wis alive, Hercules had tae try tae somehow mak it ower tae the faur shore.

He walked alang the banks o the River Styx. It wis a dreich place wi nae trees or flooers. The cloods up above were bleck and sad and aye greetin wi rain. At last Hercules saw a group o peeliewallie shaddas gaithered thegither on the shore waitin for Charon's boat. These were the newly deid makin their journey tae the netherwarld.

When Charon arrived, Hercules shauchled ontae the ferry wi the ghaists and bogles. Charon wis aboot tae cast aff when he suddenly stapped.

"Heh, you're no deid," girned Charon. "Get aff ma boat or ah'll report ye."

"Tak me ower the river, Ferrymaister. Ah'm jist gaun across for somethin and ah'll come back in the now."

Charon couldna believe the cheek o the man. "Ye canna go ower tae the netherwarld for a day oot. Ye hae tae be deid. And you arena deid. Come back when ye are and dinna waste ma time. Gaun. Get. Or ah'm tellin ye, ah'll report ye."

That wis when Hercules finally tint the tattie awthegither. He'd been daein these stupit trauchles for years. He'd been clawed by lions, skelped by snakes, tellt aff by gods, blootered by boars, cleaned oot clarty stables, been keeched on by craws, beltit by buhls, chawed by cuddies, chased by ten-fit tall women and had the sky on his shooders. Here he wis nearly feenished efter years o fechtin and follaein orders and this haiverin auld bauchle o a ferryman widna let him on his boat.

"Tak me ower tae the netherwarld," roared Hercules sae lood that Charon's bunnet blew aff his napper and the ghaists and bogles on the boat aside him turned even mair peeliewallie than afore. "Tak me across noo or ah'm gonnae stick that oar right up yir . . ."

"Aye, fine. Keep yir wig on," said Charon in a wee voice and rowed his passengers across the River Styx.

Cerberus wis waitin on the ither side. He wis the size o a moontain and his braith reeked o misery and daith. His fufty heids fidged and focht tae get at the new arrivals but the body, sizzlin wi sleekit snakes, held them back. The puir ghaists had tae shauchle past Cerberus jist inches awa fae the deidly slaverin mooths sae they wid ken whit wid happen tae their sowls if they ever tried tae get oot.

Hercules took a deep braith and follaed them intae the netherwarld. He kent the huge dug widna herm him on the wey in. Wance through, the ghaists aw disappeared leavin Hercules on his ain. Pittin on his lion's jaiket and reddin up his sword and arras, he turned roon and mairched back oot o the Land o the Deid.

The muckle beast rose up afore him and stamped a fit the size o a cheriot doon at where Hercules stood. He jinked oot the road as the fit crashed intae the grund aside him. Snakes growin atween the craitur's taes reached oot and grabbed his widden chib fae him. Hercules dodged and shimmied through the animal's legs ainly tae be caucht and wheeched high up above the grund by the boa constrictor tail. The snake wrapped itsel roon him sae ticht Hercules couldna breathe. He could feel hissel aboot tae pass oot. Cerberus wis flickin his tail at the same time tae try tae crack Hercules's heid on the rocks. Hercules didna want tae dee like this. He wisnae gonnae let Eurystheus win.

Wi aw his strength, he freed his sword airm and hacked awa at the serpentine tail. Yella blidd came slaisterin oot and the craitur lowsed its grup. Hercules fell tae the grund and ran tae the front o the dug tae fecht the fufty heids. Poison poored doon like rain. The teeth snashed at him like cutlasses but the Lion o Nemea's skin bielded him fae herm. He chapped aff the lower heids and cut his wey through the snakes on the craitur's body. He focht like a deil. Wi each skelp and stroke, Cerberus grew weaker and mair puggled. When he had chapped his road through tae the beast's throat, Hercules lowped up, pit his hauns roon the neck and thrappled Cerberus intae submission. He then tied a leash roon him and dragged the guaird dug o the netherwarld back tae Eurystheus's palace.

Eurystheus wisna there when he returned. Insteid Zeus wis sittin on Eurystheus's throne.

"The king's no here," said Zeus. "He wis feart ye might bring

Cerberus wi ye sae he took his servants and his ginger bottle and he's gone tae live in a cave like the big keekie-mammy that he is. Kneel doon, son."

The warrior knelt afore his faither.

"You'll never mak richt the herm ye did tae yir wife and weans but ye hae served me weel. Ye hae used yir strength and wisdom tae save people fae the monsters that bide in this warld. Hercules, ye hae feenished aw yir trauchles. Gang back tae yir life. You, ma son, are lowsed."

"Nae mair trauchles? Ya beauty," said Hercules, skelpin the air wi his fist, and he stotted oot the palace and daundered awa intae the bleeze o a new day.

The End